KB120806

천년의 시 0113

발자국은 춥다

천년의시 0113

발자국은 춥다

1판 1쇄 펴낸날 2020년 12월 7일
지은이 김순애
펴낸이 이재무
책임편집 박은정
편집디자인 민성돈, 장덕진
펴낸곳 (주)천년의시작
등록번호 제301-2012-033호
등록일자 2006년 1월 10일
주소 (03132) 서울시 종로구 삼일대로32길 36 운현신화타워 502호
전화 02-723-8668
팩스 02-723-8630
홈페이지 www.poempoem.com
이메일 poemsijak@hanmail.net

김순애ⓒ, 2020, printed in Seoul, Korea

ISBN 978-89-6021-527-6
      978-89-6021-105-6 04810(세트)

값 10,000원

발자국은 춥다

김 순 애   시 집

천년의 시작

시인의 말

　천지 만물은 생겨나면 언젠가는 사라지게 된다. 이 또한 우주의 이치이고 생의 순환이라 믿는다. 나이가 들면서 나의 시는 삶과 죽음의 경계에서 익숙한 얼굴들을 보고 관찰한다. 그것은 회상과 염원을 함께 가진 얼굴들이다. 생성과 소멸을 반복하는 생, 인간이기에 받아들여야 하는 일체유심조의 마음으로 시의 소재를 찾곤 한다. 우리의 삶은 아픔과 죽음의 연속이다. 따뜻한 눈으로 읽으며 그것들을 학습하며 스스로 치유하는 법을 배워가는 중이다. 죽음은 멀리 있지 않다. 운명처럼 언젠가 반드시 맞이하고야 마는 이치인 것. 결국 삶은 죽음과 삶의 경계를 바라보며 그것을 매일 오가며 사는 것이 아닐까 생각한다.

주변의 존재들과 관계를 맺고 계절을 지나면서 순리를 거스르지 않고 둥글게 굴러가는 모습으로 살아온 것들이 나의 시 소재가 된다. 그래서 독자들에게도 긍정적인 마음으로 받아들이고 살아가는 것이 현자일 것이라고 말해 주고 싶다. 깨달음을 얻기까지 수많은 봄과 겨울을 지나왔고 청춘의 들판을 지나오며 유한한 생명 속에서 우리는 희로애락을 만나게 된다. 삶은 늘 봄날 같은 희망으로 싸여 있어 자꾸만 앞으로 나아가게 되는 것. 소박하게 생성되는 나의 시 세계에서 독자들이 읽어내는 눈에 따라 감정은 달라지지만, 한 줄의 언어와 문장으로도 독자들과 함께 공감하는 지면이 되었으면 하는 바람으로 글을 엮는다.

차 례

시인의 말

제1부

뒤란 꽃, 수선화

뒤란은 뒤란의 햇볕이 있단다

엄마 어렸을 적엔 그곳에서 참 많이도 훌쩍거렸단다 겨우
내 내렸던 눈물이 가장 늦게 녹는 곳도 뒤란이란다 수군거리
는 발효가 있고 매운 연기들이 천천히 풀어지는 곳, 몇 그루
음지의 나무들이 앙상한 곳 그곳에도 가장 일찍 피는 꽃이 있
었고 주변에 풍경을 두지 않고 꽃이 피는 곳이란다 뒤란은 한
집안의 가장 어두운 곳이라 그 어둠을 밝히려고 수선화 알뿌
리 여러 개 묻어두었단다 봄날, 환한 불 켜지듯 수선화 필 때
는 그 좋던 친정 나들이도 미루었었단다

노란 등 몇 개 켜고 어둑한 조도照度로 견디고 있는 수선화

수선화 등불이 환하게 켜지면 장독대가 비어가고 농기구
들은 들판으로 달려 나갈 기세였지 그 분주한 철이면 여린 이
파리 행여 누가 밟을까 이 엄마 걱정은 다 뒤란에 있었지 해
마다 봄이면 은밀하게 만나던 꽃, 어디서 그렇게 노란색만
불러들여 꽃 피는 것인지 참 용했지 뒤란은 엄마의 비밀 정
원이었단다

발자국은 춥다

농로 수로를 따라
얼음이 얼고 그 위에 흰 눈이 덮였다
알고 보면 발자국들은 다 맨몸
그 맨몸의 쥐 발자국
종종거리며 찍혀 있다

몸이 바쁘면 발자국이 가볍다
흰 눈 위에 마치 송사리 떼처럼 몰려간
쥐의 발자국은 참 시리다

이 겨울 얼어붙은 농로는
한 마리 추운 뱀 같고
꼬리를 따라다니는 발자국들은
몸에서 떨어져 나온
수백 마리 설치류 같다

얼어붙은 저수지는
수십 마리 짐승들의 발자국을 돌보는
보모같이 바쁘고
뒤뜰에 찍힌 고양이 발자국마다에도

햇살 반나절 그늘 반나절이 들었다 간다

배고픈 발자국은
들렀다 가는 곳들이 많다
한겨울 살짝 열어놓은 마음으로
찬바람 꼬리들
셀 수 없이 들락거렸을 것이다

오도독오도독
추운 밤을 갉아먹는 소리가
멀리서 들리는 것 같다

순장

봄, 텃밭을 갈다
자루가 빠지고 녹슨 호미를 발견했다
땅속에서도 애면글면 일손 놓지 않고 있을
내 어머니의 삭은 뼈 같은 호미

호미에게 손잡이는 일생이었을 것
단단하게 박혀 밭을 헤치고
부드러운 밭고랑을 지났을 것이다

땅속이라는 곳
손잡이부터 썩는 곳이구나
날카롭던 곳들부터
짓물러지는 곳이구나

언제 밭고랑에 묻혔는지 모를
부식된 호미를 툭툭 치면서
한 사람이 이승의 농사를 끝내고 묻힌
기일을 알 것도 같다

호미는 그때

함께 순장되었던 것

꺼냈던 호미를 다시 묻어놓는다
호미를 닮은 새로운 곡식이
싹 틀지도 모르니까

양파

양파는 폭설을 가두고 있다.
겨울을 지나오지 않은 양파는 없다.
양파를 벗기다 보면
남쪽 지방의 흩날리는 눈발과
고양이 발자국이 찍힌
얇은 적설량이 하얗게 드러난다.

양파는 시린 눈을 겹겹이 껴입고 있다.
양파를 벗기다 보면
튀어나오는 말 한마디쯤 있다.
양파는 섭섭한 말이거나
슬픈 말들의 구근식물이다.
그러니까, 지난겨울엔 눈물 참았던 일이
많았다는 것을 알 수 있다.

첫눈부터 봄눈까지 녹지 않고 있는
양파는 가장 깊숙한 음지다.
그 사이 밀착된 관계들이 꽁꽁 얼었고
해빙기를 거쳐 온 위로의 날들인 것이다.

>

양파는 지난겨울의 적설량이
동그랗게 뭉쳐진 식물이다.
양파 속으로 숨어버린 너
어느 껍질 속에서 잠들어 있나.
매운 말들은 곱씹듯
코끝으로 맛보는 지난겨울의 일들
따뜻한 봄날이지만
양파 모종은 여름 지나
쓸쓸한 가을에 있다.

그림자에게 말 가르치기

뒤늦게 그림자 하나를 돌본다.
먼저 말을 가르쳐야 되겠다.
흐린 날을 가르치고
밤엔 쉴 수 있는 벽을 가르쳐야겠다.

그림자가 제일 잘 알아듣는 말은
가자! 라는 말이다.
굳이 말하지 않아도
나를 따라 벌떡 일어서는 것을 보면
저도 믿을 사람
나밖에 없는 것 같다.

어쩌면 검은 너는
언젠가 나의 관이 될 수 있겠다.

누워서 뒤척거린다.
그건 내 그림자가 불편하다고
나를 움직이는 때
아직 오늘 할 말이 남았다고
나를 움직이는 때

아직 오늘 할 말이 남았다고
옆구리며 무릎을 쿡쿡 찌르는 것이다.
언젠간 너를 깔고
그 위에서 영원히 잠들겠지만

그래서
그때를 생각해서
너에게 말을 가르쳐야겠다.

가려운 흔적

산길에서 본 가려운 흔적
부르르 털을 세우고 바람에 털어봐도
풀씨와 꽃가루와 흙이 파고든
짐승의 몸은 여전히 가려웠을 것
그럴 때 나무둥치들은
가려운 짐승들의 손이 되었을 것이지만
굴참나무 둥치에 묻어있는 짐승의 털
나무는 지금 몹시 가렵다.

나도 언젠가 저 나무에 등을 부딪친 적 있다.
가끔 산에 큰바람 불 때
그땐 산과 나무들은 가렵다는 뜻이다.
서로 가려울 때 산불도 내는
듬성듬성 털이 묻은 나무들
굴참나무가 잣나무가
고라니 멧돼지 오소리처럼 보인다.
옹이들이 어둠을 찾아다니는
야생의 번뜩이는 눈 같다.

오소리 멧돼지 고라니가 몸을 비빌 때

나무들의 목질 속으로
짐승의 피가 한동안 흘렀을 것 같다.
밤이면 짐승의 눈으로
아랫마을 살피며 서있다.
나무들은 때론 도망도 못 가는
짐승이 될 때가 있다.

개구리 울음소리

한밤을 지나가는 시간이 개구리 울음소리로 길게 늘어났다 줄어들었다 하고 있어

그 옛날, 시골 장날에서 들었던-서울에서 부산까지 늘어나는 고무줄 사요-라는 말이 생각나

혼자 늘어났다 줄어들었다 하는 고무줄이 하늘을 날고 있어 엊그제 지하철역에서 사 온 거야 하늘에 날아다니는 가창오리 떼도 잡아당긴대

한밤의 탄력을 날아다니다 지쳐 내려와 지금 나와 함께 있어 둘이 함께 날아보자는데 난 무서워 힘내, 너도 할 수 있어 하며 등 떠미는데 발버둥 쳐봐도 안 돼

나는 나무뿌리처럼 엉켜있어 길게 늘어나거나 다시 돌아올 수 없어 그냥 늙어가기로 했어

고무줄 혼자 휠휠 날아 창공으로 사라지고 잠시 후 가창오리 떼 몰고 왔어 하늘을 수놓는 저 무늬로 집을 지었으면 좋겠어

>

고무줄은 흘러내리는 반평생을 잡아주는 것인 줄만 알았지 가창오리 떼를 잡아당기는 줄은 미처 몰랐어 농장을 만들어볼까 함께 살고 싶어 밤이면 찬바람 불어도 그들과 함께라면 따뜻하겠지

지하철역으로 고무줄 사러 가야겠어
너무 멀리 늘어나 있거나 너무 팽팽하면 어쩌지

아카시, 아가씨

우리의 약속은 늘 지는 방식의
가위바위보
왜 잎들은 파문을 넓히고 점점 넓어지려 할까
아가씨라는 말엔 늘 홀수의 향기가 나고
아카시, 숨어있는 가시가 있을까
왜 시냇물 소리가 날까
파문 무늬의 치마를 입고 걸음은
가위바위보
파문은 가장자리가 꼬리라고?
다시 돌아올 몸통을 기다린다고

왜 찰랑거리는 주변을 갖고 있을까
왜 푸른색의 표정을 짓고 있을까

바람은 낯설어요
회오리바람은 쏟아지려고 해요
멀리 가고 싶어 해요

하늘은 구름으로 표정을 짓고
아가씨, 왼쪽으로 고개를 돌리고

외면의 향기가 하얗게 부풀어 올라요
고개를 떨구는 얼굴은 하루치의 눈빛뿐인 얼굴
아가씨는 늙어가고 아카시, 흰 꽃을 피워요
세상 어떤 꽃으로도 약속은 금물이에요

낫

한여름에 쓰려고 대장간에서 낫을 사 왔다
숫돌에 갈아서 걸어놓았는데
그 서슬이 푸르다 못해 환하다
캄캄한 밤에도 그 푸른 서슬을 생각하면 어둠이 찢긴 부위로
낫의 환한 날이 밝다
가끔 몸이 움찔하는 소름엔
다 낫이 걸려 있는 것은 아닐까
장마를 지나면서 낫날이 녹슬어 가는 동안
주변에 풀밭은 무성해지고
초승달 같은 낫날도 점점 어두워진다
풀들은 자라서 방심한 매듭을 늘리고
오솔길들은 점점 좁아진다

초승달 하나에다 낫자루를 끼우고
마당에서 뒷산 오솔길로 이어지는 풀을 베어 길을 넓힌다
낫이 어두울 때는 풀들이 자라는 때라는 걸
오솔길이 좁아지는 때이라는 걸 알았다

낫날을 따라 달이 지나간다
툇마루에 걸린 초승달 꺼내 숫돌에 갈고

날을 세우면 불안한 바람이 풀숲에 먼저 든다
가까운 무덤 하나와 나 사이에 길을 냈다
죽음으로 환한 길이 나있다
초승달이 녹스는 때는 풀들이 자라는 때이다

봄날, 순환펌프

꽃샘추위로 온기를 만드는 집이 있었으면 좋겠다. 그 추위 기승을 부리면 부릴수록 단칸방 따뜻한 집 하나 있었으면 좋겠다. 그 집으로 거뜬 봄을 날 수 있었으면 좋겠다. 그래서 툭툭 꺼지는 보일러 순환펌프 사이 붉은 녹물 대신 꽃 뭉치들 콸콸 쏟아졌으면 좋겠다.

심장질환을 앓고 있는 병실 밖
조마조마한 꽃들이 서로 손을 잡고 서있다.

헛바람 든 방바닥은 냉기가 둥둥 떠다니고 있다. 혼자 오래 두면 차가운 온도로 바뀌는 방바닥이 있다. 늙어서 내다보면 붉어진 서쪽 하늘이 있다. 햇살은 그곳으로 다 몰려가 있다.

뒤늦거나 빠른 상가喪家에 가서 흰 종이 깔린 상牀 받는 것이 아니라 그 죽음 수습하고 돌아오는 날이 많아졌다. 고열로 냉방에 구부리고 자는 잠 많아졌다.

꽃샘추위를 방에 때는 날이 많아졌다.

따끈한 연탄 방 시절이 생각나고 그 연탄가스 마시고 죽은 어느 영혼도 보고 싶은 나이. 온몸의 열이 눈으로 몰려와 뜬 눈으로 밤새우는 날이 많아졌다.

노을 밥상

한 상 잘 차려진 상돌 위의 제물祭物을 본다
마른 것들은 다 왼쪽으로 가고
젖은 것들은 오른쪽으로 몰려가 있다
마른 지느러미와 꼬리는 동쪽으로 향하고
소 울음소리 하나는 서쪽의 산을 넘어가고 있다
지천이 나물이라 나물은 상에 오르지 않았다
입술 없는 술잔이 가득 채워졌다
어느 생전의 주량 같다
아무도 수저를 들지 않는 한 상
풀밭 한가운데 임금과 당상관의 입맛으로 차려진 한 상
저 밥상의 주인은 몇몇의 조아림으로
반찬을 음미할 뿐
나는 이미 배가 부르다는 듯
둥근 봉분을 내보일 뿐이다
적요한 만찬에 회상이 달그락거린다

상돌 앞에 새긴 이름으로
무덤을 삼고 있는 이들
그래도 번듯한 밥상이라고 옆면에
자손의 이름들이 가지런히 수저를 들듯 새겨져 있다

음복飮福의 기운이 서녘 빛으로 붉다
남겨진 사람들은 모두 서쪽의 눈빛을 하고 있고
음식을 치운 닦지 않은 상돌에
노을이 한 상 가득 차려진다

식물의 장례식에 다녀왔다

사람도 식물이 될 수 있다
창문을 열어놓으면 바람이 들어와 머리카락을 흔들었고
햇볕은 따스한 온기로 무형의 이부자리가 되었었다
등 쪽엔 진물 흐르는 상처도 있었다
사람의 말을 알아듣지 못한 몇 년
눈을 움직여 얼마나 많은 식물들과 이야기했을까
봄이 오면 파릇한 잎으로 나른한 나날이었고
통나무처럼 굳은 몸은 누군가를 기다리는 듯 떠나지 못했다
손을 쓸어주면 반응하던 식물의 눈
몇 개의 계절을 제철로 삼아 식물의 이름으로 살았다
가끔 바람의 소리로 창문을 닫았고
눈에는 글썽이는 눈물을 키우기도 했다

식물이 들어와 몇 계절을 살았다
가는 호스를 달고 공기를 얻어 마시며 살았다
가을이면 붉은 잎이 번져 온몸이 붉어지고
된서리 맞은 몸에 흰 눈의 머리카락이 자랐다
바람보다 약한 수족은 천천히 굳어갔다
식물은 눈을 뜨고 죽는다

>

발인發靷
식물이었던 몸이, 육신이었던 몸이
시신屍身이 되어 불 속 계절로 들었다
문득, 마른 잎 타는 냄새가 나는 것 같았다
식물의 장례식에 다녀왔다

붕붕거리는 처마

처마 밑. 여름 공사가 한창이다.
연장도 없이 땅땅거리는 망치도 없이
붕붕거리는 날개들의 공사.
사람의 집에 날개들의 공사는
그 근처에 맹독의 세를 놓는 일.
무단의 독침을 내세워
같은 처마를 쓰자고 위협한다.

그래. 나도 이제 벌 떼 같은
세력을 집 안에 두고 있다고 생각하면
한편으론 든든한 생각이 들기도 한다.

화합이란 적당한 거리다.
아무리 낮을 익혀도
서로의 거리를 좁히려 하면
따가운 사이가 되고 말 것이므로
방치다. 손댈 수 없는 사이는
방치가 최고다.

고요하던 집이 붕붕거리는

날개를 품는다.
적당한 거리란 듣기 좋은 소리를 낸다.
세력의 합주를 듣는다.

조약돌은 주름을 업어내고

노인은 피부가 매끄럽지 않다.
주름이 지워지지 않는다.
큰 주름 속에 깊은 생각 숨어있고
노인의 말 없는 내면도 담고 있다.

한 번도 서서 제 목소리를 낸 적 없고
한 번도 소리를 끈 적 없는 여울은 물의 주름이다.
평생이 흘러간 흔적이 우물거리는 얼굴을 하고
지금껏 빠진 치아를 자글거리며 물고 있는
여울은 물도 오래 씹는다.

저 물의 주름에 먼저 간 아버지 길이 있고
아직은 발목을 걷고 있는 나의 길도 보인다.
우주가 한없이 자유롭다.
주름의 속이 저처럼 맑게 드러난다.
묵은 때 구석구석 파랗게 흘려버리고
젊은 소일 따위에는 관심 없다.
모든 물체는 망가지고 있다는 것 알았으므로
물에 순응하며 자글자글 버틴다.
물의 이치 위아래로 깨닫는다.

\>

노인은

세상 안으로 복잡하고

세상 밖으로 자유롭다.

물의 주름은 조약돌이 만든다.

따끔거리는 반찬

가시 돋쳤던 말들이 두릅처럼 피는 봄
당신의 가시 돋친 말들을 마당 끝에 꽂아두었었다
그 말들, 자라서 가시가 될 때까지
달력에서 이파리들을 떼어냈었다
푸릇푸릇 돋아나는 가시 돋친 시절이 있다
봄날의 햇볕이 가시처럼 따갑다고
그때처럼 얼굴 찡그렸다

그때는 왜 가시 돋친 말들을 두릅같이 살짝 데쳐서
당신 입에 한 쌈 넣어주지 못했나, 나

이 봄 두릅을 따서 혼자 앉은 밥상
줄기에 무른 가시들이 입안에서 따끔거린다
가시들은 상징적이고 고집불통이지
누구나 적당한 가시를 먹어야 봄이 와도 봄을 알지

똑똑 따면 아프다, 아프다 진물이 난다
인내의 관계 사이에 흐르던 저 끈적한 진물
가시의 뒤끝,
높은 곳에 이파리를 두는 두릅의 봄

흔들릴 때마다 따끔거리는 기억이 푸릇푸릇하다

산에 내려앉는 하늘의 공기와 구름
뒤늦은 회한인 듯 우듬지에서 새 두릅이 돋고
파릇파릇한 어린 가시들이 있다
혼자 먹는 밥상, 따끔거리는 가시가 반찬이다.

참새는 집을 짓지 않는다

햇빛 반짝거리는 곳이면 어디든 종종거리며 모여
잠깐의 집을 삼다 날아가는 참새들은 집을 짓지 않는다.
나무 위에 이파리로 잠깐 앉았다가 날아가는
멀리서 보면 키 작은 겨울나무의
부산스러운 이파리로 보인다.
지난봄 기와집 추녀 밑에 잠깐 머무르며 기른 새끼들
막 돋아나던 새잎을 닮은 부리들
이 추운 겨울 어느 곳을 포르르 날고 있을까.
우족羽族을 먹여 살릴 일이 없는
겨울나무들이 한가하다.

부리가 작은 것들은 위도 작아서 자주 먹는다.
밭고랑에 앉아보고 한길에도 앉아보고 마른풀 속을 뒤지고
추운 나뭇가지처럼 흔들리다가
불안한 무리로 옮겨 다니는 무주택의 참새들
누군가 던진 돌멩이처럼 후다닥 날아가는
저공의 날개들

겨울비 오고 깃털로 처마를 만들어
풀숲에 모여있는 나뭇가지가 키우는 소리들

아무도 없는 뒤란 앵두나무 열매로 속닥거리고
억새풀 숲 보드라운 내장들처럼 들어있는
공중의 장기臟器들

팔딱거리는 새가슴으로 앉아있는 임시 거주지의 세입자들
누구도 소유하지 않는 곳만 골라 앉았다 가는
누구의 소유도 아닌 것들
그저 화들짝 놀라는 기척으로 날개를 삼은 것들
적막이 앉아있는 나뭇가지가 휘청거리는,
가벼운 몸으로 이쪽의 허공과
저쪽의 허공을 맞바꾸는 소심한 것들.

'나가요!'

나는 세상에서 나가요라는 말이 제일 좋다
누군가 벨을 누르면 몸보다 먼저 앞서 나가는 말 '나가요!'
급한 마음에 짝짝이 신발을 신고 나가도 좋은 말
종일 적막한 집에서 가장 하고 싶은 말 '나가요!'
바람이 문을 스치고 지나가도
흰 눈이 소복소복 내려도 '나가요!'
그렇게 숨죽여 하고 싶은 말이다

감꽃 필 때는 아예 문을 열어두고 기다리고
배롱나무 꽃 필 때는 나무 아래에서
수없이 품고 있는 말 '나가요!'

'나가요!'라는 말을 받고 떠난 그의 마지막은 언제였을까
비 오는 날 우산 갖고 나오라는 그의 전화에
네, '나가요!'라는 말을 했었는데
그 말을 안고 떠난 그는 끝내 돌아오지 않았다

겨울이 오면 나무들은 단단한 빗장을 채우고
나는 창문 틈에 비닐을 치고 겨울 채비를 묶는다

\>

늙어서 곁에 있는 건 추억뿐이다

긴긴 밤을 혼자 보내는 것은 누군가를 기다리는 것

밤이 깊어 고요할 때

가끔 기척 없는 창문을 열어본다

이제 그에게는 할 수 없는 말 '나가요!'

오늘도 누군가를 간절히 기다리고 있다

구멍

목포 해양 박물관에 가서 아주 오래전 침몰한 보물섬을 보았다. 선박에게 가장 무서운 것은 파도가 아니라, 밑바닥을 뚫는 구멍 하나라는 것 보았다. 작은 구멍 하나가 저 큰 배를 그 옛날에서 지금으로 항해시켰던 것이다. 물밑을 오래 항해했던 것이다.

구멍은 천년의 침묵과 함께 푸른 청자기와 무역선을 건져 냈던 것이다. 구멍이란 시차와 시공이 드나드는 곳이라는 것 보았다.

내 몸 어디에도 육지의 날들이 졸졸 새고 있는 구멍 하나 있어 드나들며 숨 쉰다. 싣고 가는 보물도 없고 필사의 뱃길도 없이 점점 침몰해 가는 이곳은 어느 물밑인가.

박물관에 다녀온 뒤부터 울컥울컥 물 새어 들어오는 소리가 자주 들린다.

제2부

출산

민들레가 만삭이다
마당에 지나가던 바람이 지켜본다
햇빛이 출산을 돕는다
대궁으로 힘을 밀어 넣는다
얼굴이 노란 아이가 고개를 내민다
엉덩이는 몽고반점처럼 파랗다
마당 여기저기
아이들 웃음소리가 노랗게 번진다

죽음의 관람

산몸에게서는 냄새가 없지만
죽은 몸에게서는 냄새가 있다.
갠지스강은 좁은 골목을 돌고 돌아 한참 걸어야 나타난다.
오가는 길목엔 산 자와 죽은 자가 엇갈린 길에서 마주친다.
죽은 자는 강을 향하고
산 자는 번잡한 시장판 골목을 향하고 있다.
누구나 이 번잡한 시장판을 지나야
한나절 불꽃 두고 가는 흰 연기가 되거나
그 불꽃에 더운 음식 익혀 먹는 삶이 있다.

세상, 숨 붙어있는 사자死者로 오래 살아왔다는 생각이 든다.

강변에는 죽음을 기다리는 사람들이 있다.
사후死後에 자기 몸을 불태워줄 나무 값을 품고
한쪽 발을 죽음의 성지에 걸치고 죽음처럼 앉아있는 사람들
죽어 시바신의 얼굴로 돌아가기 위해 기다린다.

어떤 방향으론 죽음이 들려 가고
어떤 방향으론 진흙을 밟고 질척거리는 생生, 사지死地로 돌
아오는 관람객들

흰 연기로 흩어지고 물에 풀어질 몸
그깟 방향이 무슨 의미가 있을까마는
그래도 두고 온 식욕이 있어 출출한 한낮이 기다리는
저 골목 끝 음식 냄새가 난다.

강변에서 북을 치며 춤추는 천도天道의 입구
냄새를 맡는 질척한 골목길, 죽음의 관람이 이렇게 남루
하고 비루하다.
관람의 잔영처럼 오래 남아있는 냄새가 있다.
한나절 동안 죽음의 냄새를 관람했다.

가끔 길을 걷다가 돌아설 때면
그때 돌아선 뒤편으로 조용히 마음 접거나 숙일 일이다.

라디오

예전에 당신이 자주 듣던 라디오에는
제 몸통보다 더 큰 건전지가 묶여 있었지요.
둘이 합쳐 있으면 참 꽤 오랫동안
두런두런 이야기 소리에 해 지는 줄 몰랐지요.
당신은 코가 빨간 말을 하고
나는 볼이 빨간 말을 하곤 했지요.
그렇지요, 옆에 누가 있으면 말이 더 많아지듯
우리는 서로 건너가서는
돌아오기 싫어하는 사이였지요.

그런데 지금은 산에 오를 때나 밭에서 일할 때도
옆에 있는 말이 없어서 혼잣말을 드문드문 한답니다.
혼자 있어도 주위에 여러 사람 모인 듯 소란스럽고
그 예전 당신이 듣던 라디오의 뒤에 묶인 건전지 없고
지금은 무음의 주파수처럼 중얼거리기만 한답니다.

예전에 당신이 살았을 때는 내가 라디오였지요.
낮이나 밤이나 아니 새벽에도 귀찮게 말을 걸곤 했지요.
잔소리도 하고 앙탈도 부리곤 했었지요.
그럴 때마다 당신은 슬쩍 다른 주파수로 채널을 돌리곤 했지요.

텅 비어있는 라디오엔 먼지 앉은 말들도 없답니다.
혼자 중얼거리고 이리저리 생각 채널만 뒤지지만
그 옛날 내가 그랬던 것처럼
당신 건전지 되어주지 못하고 있답니다.

용서의 기간

캐나다 애서배스카 빙원氷原은
인디언들의 감옥으로 불린다.
그 감옥에서 삼 일을 얼어 죽지 않고 견디면
죽을 죄인도 살려 주었다고 한다.
빙원에서 살아남은 사람, 또는 죽어간 사람
몇억 년의 빙하 속에 움츠린 울음으로 묻혀 있을 것이다.
설상차를 타야 들어갈 수 있는 곳
지금도 크레바스 속으로 구름이 흘러들어 가는 곳
그 극한에도 삼 일의 용서 기간이 있다.
면죄의 기간이 있다.

갈수록 용서를 구해야 하는 사람들이 사라진다.
같이 살아있어야 죄를 지을 수 있고
서로 용서를 구할 수 있는 것이다.
근래엔 죄도 외롭고 용서도 외롭다.

차가운 관계들은 왜 해빙되지 않는가.
용서는 이미 죽었어야 하는데 지금도 살아있고
여전히 삼 일은 지나가지 않는 관계가 있다.
어쩌면 삼 일 동안 누군가를

한 번도 넣어본 적이 없는 것은 아닐까.

이 들쭉날쭉한 온도는
안쪽으로 기울었는지 바깥쪽으로 기울었는지 알 수가 없다.
저울질한다면 어느 쪽으로도 죄가 아니듯
내가 나를 밀어 넣은 이곳도 여전히
삼 일을 지나고 있는 중이다.

환산

세상엔
환산換算하는 것들이 많다.
지금의 나이란
모두 지나간 나이를 주고
바꾼 것들이다.

어린아이들의 추억을 잠시 맡아두고
나이 든 자식들을 흐뭇하게 바라본다.

검은 머리카락을
한 올 한 올 세워주고
흰 눈을 무더기로 얻었다.
환산이란 그런 것이다.
자식들이 알지 못하는 추억까지 보관하고 있는
부모들은 그래서 늘 비좁다.

그래서 점점 느려지고
굼뜬 행동을 하는 것이다.

세상은 지금 온통 환산하는 중이다.

하루에 한 번씩 밤과 낮이 바뀌고
여름은 대기하고 있는 계절과
버튼을 넘기며 자리를 바꾸고
날짜들이란 매일
자리를 주고받는다.

세상에서 가장 공평한 환산이란
태어난 사람과
죽은 사람이 동일하다는 것이다.

그때는 몰랐다

사 남매를 키웠다
집 안 곳곳에 아들과 딸 들이 있었다
매시간마다. 매 걱정마다
남매들은 교대로 들락거렸다
엄낭거미처럼 집을 짓고
아이들을 위해 방을 만들었다

남매들의 시간은
점차 내 시간을 잡아먹고
질긴 거미줄로 옭아맸었다
그 결박으로부터 딱 3일만 벗어나고 싶었다
체념의 말끝마다 그 상팔자라는
무자식의 처지가 되고 싶었다

툭툭 남매들이 끊고 간 지금
고작 3일만 북적거리겠다는 연락을 받았다
자식들이 와서 그들과 함께하는 시간에
즐겁게 얽매이고 싶다

하루 종일 전화벨 소리를 기다리고

저녁이면 누군가의 소란스런 말과
발소리를 듣고 싶다

모두 떠난 지금 혼자다
그땐 몰랐던 것들이 지금에야 알 때
그때가 가장 슬프다

회전

내가 잠든 사이
모든 것들이 내 몸을 회전해 갔다.
셀 수 없는 별들이 돌아갔고
수천 개의 인공위성이 나의 잠을 돌아갔다.
내가 잠든 사이 셀 수 없는 총탄들이
국경과 국경을 넘나들었고
수많은 사람들이 죽고 태어났다.
그러니 잠이란 치외법권이고
미필적 고의의 외면이다.

잠든 사이 나의 잠은
모든 별들의 기준점이 된다.
내 위를 바다가 지나갔고
하늘을 등에 깔고 파도처럼 뒤척거렸으며
심해의 고요처럼
깊은 잠을 잤다.

내 평생이란
하루하루를 지나 새벽과 어느 나라의

석양과 정오를 지나친 일이었다.

그러니 나는 회전한다.

어지럽게 살아서 과거와 현재가

삶과 죽음이 끊임없이 돌고

생의 마지막은 어느 경도에서 이탈할 것인가.

나는 또 어떤 우주의 차원 속을

영원히 회전할 것인가.

은행나무 장례식

백 년이 넘은 가을을 잘라야 했다.
사람의 곁으로 가지를 뻗은
가을을 잘라야 했다.
백 년의 그늘이 넘어가는 시간
반 말 떡을 하고 사람의 술과 잔을 쳤다.
술은 참 요긴하다.
산 사람과 죽은 사람, 심지어 나무들에게까지도
그 권주가 통한다.
새들이 떼 지어 몰려와 소란으로 조문했고
고여있던 바람은
떨리듯 나무를 떠나고 있었다.
잘린 가을은 으스스했다.

나무의 장례식은 땅을 파지 않는다.
다만 몇 토막 공중을 자르는 일로 끝이 나면
파문의 방점을 찍은 그루터기를 버리고
넘어지는 것들은
기울어진 경사지가 장지다.
아무도 몰래 남아있는
움츠린 땅속은

봄의 운명에 맡기기로 한다.
나무의 백 년이 사라진 집의 뒤란
이젠 한 사람의 나이만 남았다.

빈집

빈집 마당에
부지런한 풀들이 기웃거린다.
적산 가옥을 불하받던 그 옛날처럼
노부부가 버리고
하늘 아랫목으로 병 고치러 간 사이
너도나도 풀들이 자란다.
마당의 주인은 발자국들이었지만
키 작은 풀들은 이 집에 살던 부부의
소일거리였다.
사람 없는 집에
풀들이 계절을 시작한다.

주인 없는 집
풀들이 마당을 점거했다.
그 속에 느릿한 환형동물들과
누룩뱀도 스르르 지나간다.

시골에서는 집이 가로등이다.
늙은 집들은 일찍 불이 꺼지고
자정을 넘기는 건

젊은 집들이다.
가로등이 꺼져있는 곳
작년에는 노부부가 흐릿하게
지키던 곳이었다.

풋마늘 뿌리

오늘같이 추운 겨울밤에는
지난가을 심어놓은 마늘이 궁금하다.
세상의 겉모양들은 꽁꽁 얼었는데
한 뼘 흙 속에서 뿌리를 내리고 있을
마늘의 뿌리가
속마음 같아서 안쓰럽다.
눈이 내려 쌓이는 일도
얼었다 녹았다 반복하는 세상의 일쯤
그런 일쯤에는 신경 쓸 여력이 없다는 듯
한 뼘 땅속에서
그 잔뿌리를 내리고 있을 마늘
가끔 걱정이 되어 짚더미 살짝 들추어보면
괜찮다, 파란 순 끝을 보이는 것이다.

내게도 엄마가 있던 시절
세상일, 그런 큰 것들보다
자식들 밥 먹이는 일이 더 큰일이라고
손쓰고 다니던 손
투박하니 마늘의 잔뿌리같이
끈질기던 그 손

장날 좌판 앞에 앉아
풋마늘 다듬는 저 노인들의 손등도
풋마늘 뿌리와 꼭 닮았다.

발자국 손님

문 잠그지 않은 하루에
쓸쓸한 빈방에
발자국 손님 다녀가셨다
스스로 엇갈린 행적
가지런한 발자국 없는 걸로 보아
손님도 혼란스러웠던 것 같다

발자국과 바쁜 손만 다녀간 방엔
열린 흔적만 있을 뿐
닫은 흔적이 없다

굳게 닫은 곳들을 열고 다니는
발자국들이 있다는 말 들은 뒤부터
제깟 것들, 얼굴 없는 줄 알았지만
밖에서 안으로 들어온 발자국과
안에서 밖으로 향한 자국이
익명의 얼굴로 선명하다

숨겨 놓은 것들이
일순간에 발각되는 일이 있다

들춰진 마음같이
민망한 일엔
들춘 손 또한 민망했을 것이다

다 발각된 오전
손님 다녀간 오후
나는 감추는 것, 숨기는 것 없어
하늘 아래 떳떳해진다

숲

겨울나무들에
봄 나무들이 이사 들어간다.
겨우내 냉방이었던 가지들마다
봄바람도 살랑살랑 틀고
온도는 계곡물이 버리고 간
물줄기 정도면 적합하다.

추위에 꽃망울 터트린 동백나무
겨우내 푸른 잎사귀로 시선을 끌었던
문주란 화분을 밖으로 내놓는다.
장롱 속에 숨겨진 두터운 옷가지
이불들 모두 끌려 나왔고
숲은 파릇한 봄기운을 들인다.
사람과 달라서, 숲은
파란색 온도로 따뜻해진다.

몇 년을 기우뚱
몸 버텨온 버드나무는 이제
가렵던 머리를 길게 풀고
흐르는 물에 감을 시간이다.

하늘의 순서

기러기 떼가 일렬로 난다
차례차례 순서를 정해서 길게 날고 있다
사람의 마을쯤은 안중에도 없다
날지 못하는 것들과
날아다니는 것들은 서로
말이 통하지 않지만
기러기와 노인들은
서로를 풍경처럼 바라본다
기러기는 올해의 들판을 지나치고
목전에 다다른 지병과
가지런한 논밭을 지나친다
마을들에서 얼굴이 바뀌는 사람들은
노인들밖에 없다
눈 내리기 전, 텅 빈 하늘이
잿빛 수의처럼 내려온다
올해
기러기와 앞집 노인은 서로
마지막일지도 모른다고
쳐다보고 내려다본다

돌아간다

바람이 들어온 몸은
이쪽저쪽으로 휘어지며 펄럭거린다.
휘어지면서 꼬이고 흩어진다.
말의 꼬리를 잡고
점점 어눌해지는 노인
생각만 앞서는 자신의 말에서
넘어지고 구르고 한다.

처음 말을 배울 때를 생각하는 것이다.
우물거리다 울음 울던 그 옛날
어린 시절로 돌아가는 것이다.
망가진 말을 자꾸 되물어 주던 엄마
그 엄마가 없는 지금을 떠나
그때로 돌아가는 것이다.

비록 일생을 두고 배운 말들이지만
얼마나 하찮은 방법이란 말인가.
배운 말을 까마득히 잊지도 못하면서
혀끝으로 몰아내기란 더 어렵다.
아무리 머릿속을 뒤져도

말의 길이 생각나지 않는다.

돌아간다.
말을 배우던 그때로
아장아장 걸어가서는
앞마당에서 뒷마당을 서성이며 말을 찾는다.
그러다 철석 땅에 앉아
아기 때 배웠던 울음으로 운다.

결심에서 쉰다

의자의 나날이다
반듯한 돌
마른 풀숲의 입구
두리번거리면 곳곳이 의자다
산과 들 계곡까지 꽉 차있다
둥근 것 넓적한 것 기다란 것
돌 속엔 따뜻한 한낮이 들어있어
저녁 무렵에도 따뜻한
의자가 된다

앉아 쉬는 나날이 길다
먼 곳은 점점 더 멀어지고
혼잣말들은 절기와
곡식들의 생장점을 간섭한다
앉아서 몇 계절쯤은
거뜬히 건너갈 수 있을 것 같은
노년의 중력
휘청거리는 몸을 자주 맡긴다

앉아있던 자리를 떨쳐 버리는 일에는

온몸의 결심이 있어야 한다
무릎과 묵은 숨을 토해 내는
혼잣말을 수습하고
집 안과 마당을 오가며
하루가 길게 느껴지는 노년은
자주 삐걱거린다

몸의 무게를 의자에 맡기고
지금, 힘을 주어 결심에서 쉰다

게

끊임없이 입가에 오글보글
거품을 뱉어낸다.
꼭 파도의 끝. 포말 같다.

게는 해안선인 것이다. 파도는 큰 집게발과 옆으로 움직이
는 존재다. 자칫 파도에 물리는 경우도 종종 있다. 내 어머
니와 나는 저 해안선의 등딱지를 열고 쓱쓱 밥을 비벼 먹길
즐겼다. 파도는, 해안선은 엄밀히 따지면 암수가 있다. 지금
은 해안선에 알이 꽉 찬 계절 펄펄 끓는 물에 넣으면 해안선
은 붉게 물든다. 그러니까 한 마리 게 속에는 파도와 해안선
과 붉은 노을이 있다.

노을이 붉게 물들면 파도와 해안선은 탈피를 한다.
나도 내 등껍질을 위해
아랫목을 살피고 이불을 까는 것처럼
노을과 파도와 해안선은 한집에 산다.
한때는 해안선을 항아리에 넣고 간장을 끓여 부었다.
모두가 거품을 오글보글 내뱉었다.

그러니까 한 마리 게 속에는

파도와 해안선과
붉은 노을이 있고 모녀가 마주 앉았던
옛 밥상이 있다.

세 노인

세 노인은 멀리서 보면 고요하다
삼각 꼭짓점을 돌아가는 말투로
맞장구들은 어느 꼭짓점에서든 끊어지지 않는다
누가 먼저랄 것도 없는 날들이
삼각 변을 따라 돈다
오일장터에서도 골목길 그늘에 앉아서도
때와 장소를 가리지 않고
마주치면 수다 놀이에 빠진다

삼각을 따라 소문이 돌고
혀 차는 이름들이 있고
나란히 앉아도 세모꼴인 저 노인들은
지금 이승과 저승의 경계가 없다
말을 버리는 입과
집요하게 말을 챙겨 들으려는
어두운 귀들

삼각 놀이는 세 가지 색깔을 가지고 있다
빨간색 노인은 빨간 자식을 자랑하고
파란색 노인은 파란색 손자들을 자랑한다

서로 자기 색깔의 칭찬을 굴리느라
어둠의 검은색에 묻혀 해 지는 것도 모른다

삼각 변이란
무료한 저 노인들은 가장 재미있는 모양
서로가 하나이면서
집만 바꾸어 살고들 있다
내일이 내일이 아니고
네 일이 될 수 있는
오늘 내일 그리고 또 언제
나에게 오고야 말
삼각형 놀이의 어느 지점

가입주

집 가까운 곳에 무덤을 썼다
봄이면 산 사람의 집은 점점 늙어가고
가까운 곳의 무덤은 파릇해진다
몇 년 전 상돌 새기면서
내 이름도 미리 입주시켜 놓았으니
어쩌면 나는 저승과 이승을 오가며
두 집 살림을 하고 있는 셈

양쪽을 오가며 무덤과
누옥의 아랫목을 지킨다
낮에는 상돌 아랫목이 따뜻하고
밤엔 집의 아랫목이 따뜻하다
상돌에 앉아서는 새의 울음을 세고
밤의 아랫목에서는
울적한 마음을 깁는

가끔 무덤 앞에서 말을 건넨다
다섯 살 먹은 손자가 할아버지를 찾았어요
눈이 자꾸 침침해져요
그러다 산 사람의 집에 와 잠든다

\>

나의 죽음도 집에서 십여 분
수시로 그곳에서 풀도 뽑고
별일을 살핀다
언젠가는 산 사람의 집도
무덤도 고요한 날이 올 것이다

제3부

며느리밑씻개

밑이 아픈 일은
말 못 하는 병이다.

화끈거리는 걸로 보아 활활 타는 아궁이 하나가 있는 것 같
고 한겨울 쨍하는 추위가 있는 것 같고 붉은 저녁노을이 저물
고 있거나 조약돌이 쓸리고 있는 것 같다.

며느리밑씻개 군락지가 무성하다.

부끄러움이 없는 나이 밑에 누구에게도 말 못 할 부끄러움
이 피었다. 한곳에 자리 잡으면 제집인 양 터를 잡고 사는 풀
서있기도 겁나고 앉아있기도 힘든 풀.

세상의 며느리들을 찾아다니는 풀이 할머니를 찾아온 걸
보면 아직 못다 한 그 옛날 며느리의 일이 아직도 남아있는
것 같다.

할머니, 그 엄하던 시어머니 기일이
다가오고 있다고 손을 꼽는다.

이제는

서글픔이 주된 일과다
꿈도 섭섭한 꿈만 꾼다
먼 곳에 사는 사람들은 멀어서 섭섭하고
가까운 곳은
자주 뒤척거리는 관계들로 섭섭하다

섭섭하지 않은 것은
새들의 뾰족한 울음소리뿐이다
이 나무에서 저 나무로
바삐 옮겨 다니는 것을 보면
세상에 저처럼 바쁜 존재들이 있을까

소식들만 느리고
늦여름은 너무 빠르게 지나간다

이른 새벽 창가는
또 얼마나 바쁜 곳인가
참새는 하루도 빼지 않고 짹짹거리고
들고양이 암수 놈이 번갈아 가며

야옹댄다

십 리 밖에다 귀를 열어두고

욕심

물을 마신다.
지금 마신 이 물의 칠 할은
내가 다시 버릴 것들이지만
또 이 물은 내 집 지붕이 먼저 먹었던 것이고
물고기들의 생이었으며
앞산 다래 넝쿨이 견뎠던 여름이었다.
빗줄기였으며 겨울 동안 얼어있던 눈길이었다.

아무리 맛있는 음식도
그중 절반은 다시 몸 밖으로 버려질 것이니
욕심 같은 건
이른 아침 공복처럼 헛헛하게
마음 저 아래쪽에 두고 있어야 할 것.

절반을 넘게 버리면서도 아깝지 않은 것은
이미 맛본 것들이기 때문이다.
갈증이 나거나 허기가 진다는 것은
식탐이 움직이는 것이겠지만
이 물을 먼저 마셨던 나무들과 다래 넝쿨과
지붕은 뚱뚱하지 않다.

\>

내 몸이 버릴 때가 되었다고
딱 절반만 버리고 싶다고 채근하는 것이다.
그럴 때 화장실로 달려가거나
어느 호젓한 숲속에 쪼그려 앉아
이름 모를 풀들과 나누는 것이다.

촉감

보리밭을 헤집고 나온 저 바람의 손바닥에
가시에 찔린 흔적이 있다
혹한을 견뎌온 저 보리밭
발길에 밟혀도 되살아나는 초록의 힘
보리밭에 푸른 피가 돌고 있다
보리누름 오면 초록도 변신이 시작될 것이다
저 피가 익어간다
까끌한 보리밭을 헤집는 것은 바람뿐이다
가시는 서로를 찌르지 않는다

나도 저 보리밥을 먹고 자랐다
맨발로 걸어와 밭고랑에 앉아 눈물 흘리던 치맛자락과
낫자루 잡던 거친 아버지의 손등이 있다

오빠가 불어주던 피리 소리 어디로 숨었나
깜부기에 이빨이 까맣던 아이들 어디로 갔나

짓밟혀도 꿋꿋이 일어선 독립투사처럼
오월의 청보리 밭에는 그날의 외침이 파랗게 번진다

>

청보리밭에 잠깐 저녁 해가 누웠다 간다
내가 잃었던 모든 것이
저 보리밭에 있는 것을 보았다

청도의 보리밭에 와서
내가 그리운 모든 것이
저 보리밭에 와서 사는 것을 보았다

새가 알을 깨고 나올 때

포란 중인 어미 새는
제 알을 이리저리 굴리면서 덥힌다.
따뜻하다고 이 세상은
따뜻한 곳이라고 알려 주고 있다.
이리저리 구르고 굴러도
한세상 거뜬히 살아진다고 일러주고 있다.
일종의 태란胎卵 중인 것이다.

하늘도 땅도 둥글둥글하다고
그러니 걱정 말라고
부리에 힘 딱 주고
너의 안쪽을 깨라고
일러주고 있는 것이다.

배 속 아이가 발길질하면
놀란 엄마가 침착하라고 쓰담는다.
참고 열 달을 잘 채우고 세상 밖으로 나오면
엄마가 기다리고 있다고
왼쪽으로 누웠다 오른쪽으로 누웠다 하며
배 속의 아이를 어른다.

\>

알들은 알고 보면 모두

스스로 저의 안쪽을 깨고 나온 존재들이어서

휘어지는 경계

경계는 서로 합쳐지거나
막 멀어진 그 사이에 있다
양쪽을 다 곁에 두고 있을 때
난간이 아니면 경계다

모든 사람은 경계이거나 난간에 서있고
경계는 불어나지만 난간은 불안해진다
그 난간에서의 날들을 지나 뛰어내린 그 사람
오래전 어느 경계를 표시하기 위해 심었던 소나무 한 그루
가지는 어느 쪽으로 무성할까
바람의 경계에 하릴없이 서있다

위로 자라나는 경계가 있다면 그건
높은 곳의 난간이 된다는 것일까
양쪽의 경계를 벗어나지 않는 저 흔들리는 지붕
어둠이 오면 경계를 벗어나
몰래 한쪽으로 기울고 있는 스스로에 놀라
소리를 내는 나무들

바깥이 떠나고

낡은 기와집의 문밖이랑 재혼했다
집은 보일러 스위치와 냉랭한 기운이 짝이 되겠지

내가 가는 방향은
저 소나무가 기울고 있는 반대쪽이다
과거 쪽으로 휘어졌다 다시 돌아오고 있는 나뭇가지
마당 모서리와 언덕 위는
오후 세 시를 따라 기울고
소나무 한 그루의 경계에 묶여 있는
한겨울 푸른 바람이 휘어지고 있다

풀이 자라는 쪽

풀들은 위로 자란다고 생각하지만
사실, 잘려도 개의치 않는 쪽으로 자란다.
또한 풀들은 마디를 갖고 있다지만
잘린 부분이 가장 큰 마디가 된다.
마당가 풀을 낫으로 베어놓고
며칠 후면 금방 자란다.
낫은 공중만큼 기름진 밭도 없을 것 같다.

넓은 광장이 자라는 밭
넓은 공터가 자라는 공중의 밭

풀은 몰래 자란다.
무엇을 감추기도 잘한다.
그 속을 헤집어보면 깨진 사금파리도 들어있고
초봄에 내린 비의 뿌리도 들어있고
풀빛 뱀도 들어있다.
그러나 벌레는 없고
벌레들 소리만 들어있기도 한다.

달은 빈 쪽으로 자라고

둥근 쪽으로 빠져나간다.

손톱은 늘 잘리는 쪽으로 자란다.

누에의 잠

저이는 지금
몇 년째 잠을 자고 있을까
파란 잠을 갉아먹으며
누군지도, 어디에 와있는지도 모르는
무슨 일을 했는지도 모르는 잠
하품을 하고 몸의 낯선 곳만 돌아다니는
눈빛의 잠
그는 이미 오래전에 식물이 된 사람
이젠 풀잎도 먹지 않는
스스로 고치의 집을 준비하는 사람
자꾸 잠 속으로 날아가려는 사람
억지로 음식을 넣어야 하는
이곳이 몇 번째 생인지도 모르고
잠만 자는 사람

잠을 지키는 사람이 있고
잠이 깰 때를 기다리는 사람
잠을 간호하는 사람이 있다
간호사들이 와서 누에를 치는 판을 갈듯
시트와 구겨진 잠을 갈아주고 간다

>
등에 벌레가 꾸물거려도
잠에 취해 자신도 잊은 사람

제 숨이 저를 갉아먹는
사각사각 잠의 소리
껍질들은 지치는 것들의 마지막 흔적
봄부터 여름까지 잠만 자는 사람

빈 마을

개 짖는 소리만 살아있다.
개는 입속에 모르는 사람을 가득 넣고
아는 사람을 기다린다.

개는 기다린다.
부스럭거리는 소리들과
야생의 발소리를 기다린다.
작년에 죽은 노인의 헛기침을
야반도주하다 가족의 다급한 발소리를
녹슨 철 대문을 기웃거리는
고물 장수의 붉은 눈길을. 개는 기다린다.

얼마 남지 않은 집들은
초저녁 잠이 깊고
개들은 귀가 추워
겨울밤을 잠들지 못한다.

마음은 이미 오래전에 무뎌졌다지만
귀가 추운 것은
개와 내가 처지가 같다.

차가운 윗목들이 떠돌면 귀가 몹시 가렵다.

마을에서 개 짖는 소리가
제일 바쁘고
나는 귓속에 매어두었던 개를 풀어준다.

소용돌이

어릴 때 물에 빠져서 허우적거렸던 곳들이
가끔 귓속에서 여전히 허우적거린다.
그때 그 소용돌이가 귓속에 들어서 나가질 않는다.
납작한 돌을 따뜻하게 데워서 귀에 대고 공깃돌로 두드리면
돌을 적시며 흘러나오던 소리
그 젖은 무늬가 귓속에서 나가질 않는다.

장마가 왔다. 물 고일 곳마다 장마가 고여 물소리를 낸다.
그 소리를 따라 하늘 발레단이 내려와 마당에서 인형극을 공
연하고 있다. 질퍽질퍽 일사불란하게 박자 맞추며 물 고인 곳
으로 한꺼번에 몰려가고 있다. 그곳에 물귀신이 살고 있는 것
같다. 깊은 곳에 숨었다가 갑자기 나타나 잠도 못 자게 괴롭
힌다. 소용돌이에 갇혀있는 너를 나는 잡아주지 못한다. 오늘
은 정신이 혼미해져 하루 종일 끌려다녔다.

병원에 가서 처방을 받았다.
처방전에 어떤 아이의 이름이 적혀 있었다.
하루 종일 그 이름으로 아랫배가 아팠다.

체

누가 겨울 하늘을 체질하고 있다.
이른 아침엔 어레미로 친 듯
굵은 눈발이 마당가에 쌓였었다.
앙상한 오동나무 가지들
몇 마디 잔소리를 했는지
중거리로
눈발들 작아졌다.

체 장수가 다녀가지 않은 여름엔
빻을 곡식도 거둘 가루도 생기지 않지만
늦가을부터 거둬들인 식량과
쌀쌀한 날씨들은 거를 것들이 많다.

서리 내리고 살얼음 얼고
체 장수가 다녀갔다.

이제 눈발들 걱정 없이 펄펄 내리겠다.
나뭇가지에 쌓인 눈발들
고운체로 친 듯 부옇게 날리겠다.

숲, 천막

협곡을 보는 순간 참, 아름다운 막사라고 여겼었다. 삼각으로 펼쳐진 숲을 보면 그 또한 아름다운 천막 같다는 생각. 기둥 한두 개가 아니다 수만 그루의 기둥을 세우고 이파리들을 팽팽한 천으로 삼은 야생의 야영지다. 세간 도구들이 다 갖추어져 있다. 물도 있고 넓적한 바위도 있고 가끔 춥다 싶으면 불길 번지다 꺼진다. 사람으로 넓이를 재는 천막과는 다르다.

숲이 시끄럽다. 새가 날고 짐승들이 한 천막에 모여 야생의 섭식과 공존을 한다.

백화점 진열대에 펼쳐놓은 텐트를 보면 작은 숲 한 채가 펴져 있는 것 같다. 작은 야산 하나가 세워져 있는 것 같다. 산의 틈을 고르고 그곳에 야영지를 정하듯 지구에 야영하는 산과 숲들.

겨울이 도착하면 여름 천막은 사라진다. 그래서 야영지다. 빈 기둥들만 산의 곳곳에 남아있다. 아니다, 자잘한 것들은 그 기둥 안으로 들어갔거나 혹은 들여놓았거나 했을 것이다. 스스로 교대하는 천막, 스스로 행하는 것들은 참 아름답다.

아름다운 막사를 하나 세우고 빗소리 천둥소리를 베개 삼
아 잠들고 싶다.

창문

그물코가 없는 유리 풍경에
새들이 종종 걸린다.
앵두가 붉게 물들면
둥근 열매들을 찾아 참새들이 파닥거린다.
덧문을 열고 아직,
따뜻한 풍경만 창문으로 부른다.

사람의 기억이란 촘촘하고 몹쓸 그물이다.
일정하지 않은 길목에 저절로 펼쳐져 있는
엉켜있는 그물,
파닥거리는 날개들은 날아가기도 하겠지만
길목을 향해 날아오기도 하는 것.
어떤 기억도 활짝 열린 적 없고
굳게 닫힌 적은 더더욱 없다.

불면이 펴놓은 늦잠을 깨우는 새들
파닥거리는 날개는 암수가 없어 그나마 다행이다.
이럴 줄 알았으면
당신과 나 한 몸에 깃털로 붙어있을 것을
산수유나무 가지에 단 한 송이 꽃으로 걸릴 것을

\>

노란 꽃들이 다닥다닥 걸린
산수유나무도 오늘 보니 그물이다.
어느 쪽으로 날아가던 꽃들일까.
북쪽으로 틀어놓은 가지에는 꽃들이 걸리고
남쪽으로 걸어놓은 가지에는
다시 북쪽에서 내려오는 푸른 이파리가 걸린다.
그리고 붉은 열매가 걸리겠지.

기억도 비어있을 때가 있다.
현실이 즐거우면
꽃 떨어진 가지같이 기억은 비어있다.

침묵의 구간

늦은 밤, 도道의 경계를 넘어가다 보면 길은
사투리처럼 구불거린다.
길은 점점 어둡고 인적이 드문 곳으로 들어서고
처음 듣는 사투리의 대답 같은 길은 안내가 없다.
좁고 어두운 산길
으르렁거리는 괴물의 소리 같은 엔진
처음 맛보는 길을 먹으며 가는 차
내비게이션 붉은 표시를 따라가다 보면
이동하는 선은 너무 분명하다.
표시된 시간은 수시로 흔들리고
불안한 도착 시간이 깜빡거린다.

비어있는 집은 지금 어디에 있나.
시계는 소리를 내며 집 안을 돌아다니고
침대는 안방을 독차지하고
의자끼리 마주 보고 무료하게 앉아있을 적요

헤매는 시간을 따라 숲속으로 사라지는 집
산길을 헤매도 좀처럼 나타나지 않는 집
이 시간 집은 어디에서 기다리고 있는 것인가.

\>

산길을 벗어나자 익숙한 지명이 보이고 안내는 복잡해진다.

빨라진 속도의 끝은 혹 피안의 경계일까.

산길을 헤매다 문득 큰길로 나서듯

길의 집합 점을 옮기며 기다리는 집

지나친 어둠 속에서

문득 전생의 낯익은 어느 마을을 지난 것도 같다.

날개의 밤

비어있던 몇 그루 작은 나무들
부엉이가 앉아있다
한낮에 야맹증으로 앉아있다
어둠 한 줌을 뭉쳐놓은 모양으로 앉아있다
한낮의 퇴화 혹은 밤의 날개 같다

부엉이 몸에서 어둠이 서서히 풀어져 나오고
제가 깔아놓은 그 어둠을 밟고 날아간다
날개 속에 있는 솜털을 생각하면 밤의 부력이 생각나고
캄캄한 한낮의 가지 하나를 꽉 움켜쥐고 있는
히잡을 쓴 아랍 여자의 얼굴 같다

한밤 부엉이가 떠난 나무는
캄캄한 소리로 서있고
밤의 내부를 다 알고 있다는 듯
부엉이가 날아다닌다
숲 저쪽에서 밤의 설치류를 찾아다닐 것이다

웅크리고 있던 어둠들이 불을 켜면 후드득 날아가는
늘 웅크리고 있는 낡은 기와집 한 채

의자가 웅크리고 앉아있고 몇 권의 책이 열려진 채 굳어있다
밤에도 날아가지 못할 것들이 방 안에 가득하다

제4부

녹내장

푸른색이 사라질 때 가을은 오는 법이지요. 초록빛이 많을 때는 가까운 거리가 잘 보이지만 봄날, 눈이 멀 수도 있다는 진단을 받습니다.

그러고 보니 마당에 초록 잎이 무성한 나무에 가려 잘 보이지 않던 저쪽 봄이 있었습니다. 녹내장의 철. 가까운 곳이 안 보이고 먼 곳이 잘 보이는 철이라 합니다.

푸른 녹 창궐할 때 멀리 보지 못했습니다. 그저 마당 안쪽의 시절이라고만 여겼습니다.

요즘, 눈 안에서 푸른 풀들이 자라면서 흔들리고 있습니다. 늙은 눈에 찾아온 초록이라 고맙지 않습니까? 허황된 거리를 먼 곳을 보지 말라는 달고 단 충고입니다.

초록이 끝나고 나면 거기, 가장 먼저 불그스름하게 익어가는 열매가 있을 것입니다.

꽃 피는 수면

소방 헬기가 수면 위에서 호버링을 하고 있다
그동안 활짝 벌어졌다 다시 봉인의 시간으로 드는 물의 꽃
비릿한 씨앗들이 일순 발아했다 다시 지지만
저 꽃은 공중의 눈이 가꾸는 꽃이다
몇만 평 잠잠한 계절이지만
바람의 날개를 만나면 피었다 지는
물의 개화기를 볼 수 있다
때론 모터보트가 넓은 물의 밭을 지나가면
꽃잎은 호수의 기슭에까지 밀려가 사라진다
몇 그루의 나무를 물가에 심어두고
그 붉은 잎으로 거름을 삼는 밭
두 눈과 지느러미가 달린 씨앗에선 비린내가 난다
헤엄치는 씨앗들
단 한 송이의 꽃을 피우는 요란한 한때가 있다

저 밭에 양식養殖으로 어종을 경작하는 어부가 있었다
파닥거리는 생장,
가지런한 밭고랑도 없고 풀도 뽑아주지 않았지만
그물 가득 촘촘한 수확이 있었다
찰랑거리는 소리와 희게 부서지는 달그림자를 먹고 자란

그 자리에서
　수천 겹 잎이 달린 꽃 한 송이가 피는 것이다

　지금은 물의 씨앗들이 수초 사이로 숨어드는 계절
　비릿한 농법으로 낚아 올리는 몇 마리의 손맛
　반짝거리는 씨앗들이
　수면의 밑으로 파종되고 있는 중이다

안개 국수

인근에 밀가루 공장이 생기면서 자주 안개가 끼었다
이른 새벽 마당에 서면
흰 밀가루들이 하늘을 날고 있었다
차창에도 지붕에도 또한 밀가루가 쌓여
마을은 분粉을 바른 듯했다
본시 가루들은 물을 좋아해서
마을 깊숙한 연못으로 몰려가곤 했다
사람들은 밀가루의 원료로 안개를 꼽기도 했고
트럭에 실려 마을을 나가는
안개 포대를 보았다고도 했다
아낙들은 줄줄이 공장으로 출근을 하고
조금이라도 더 모으려고 이른 새벽부터 저녁이 될 때까지
이교대 분업을 하기도 했다

건조한 절기가 시작되고 갑자기 문을 닫은 안개 공장
공공연한 비밀이지만 마을의 어느
가난한 집에서는 안개를 모아
국수를 뽑아 먹기도 했다고 한다
생일이나 잔칫날 제사상까지 빠지지 않는 단골 메뉴
해마다 봄이면 안개표 밀가루 공장이 문을 열어

집집마다 가루를 무상으로 보내주었다

국수는 너무 길어서 동네 한 바퀴 돌고 돌아도 끊어지지
않는다

과거를 몇 바퀴 돌고도 남은 길이는

현재까지도 돌고 있다고 한다

붉은 기일忌日

적기適期는 언제나
적색赤色을 점령하듯 들이친다.
가지들의 수고가 신맛에서 단맛으로 익어간다.
꼭지를 믿어야 하는 계절
혹은 꼭지를 떠나야 하는 계절
푸른 사과의 시간들은 물색으로 흘러갔다.
때아닌 소나기는 하루쯤
붉은색을 더 머무르게 할 것이다.

자루를 들고 파치를 사러 오던 노인이 올해는 더디다. 지
난해에는
유난히 붉고 큰 사과를 몇 개 더 사 갔다.

제사상에 놓인 사과처럼
여름 빗줄기가 돌돌 깎여지듯 내리고 있다.
꼭지가 있는 것들은 무거워지고
꼭지가 없는 것들은 몸통이 말라간다.

사다리를 놓고 병사兵士 같은 농부가
붉은 폭탄을 따 담고 있다.

첫물을 따는 과수원

유난히 붉은 사과를 사 가던 어느 기일忌日이 이맘때였다.

물이 바삭거릴 때

강이라면 지금쯤
살얼음이 끼겠지만
바다에서는 물이 바삭거리는 철이다.
푸른 물살 속엔 반짝거리는 햇살 섞이고
거뭇하게 도는 해조류가
뜨끈한 밥 한 공기를 떠올리며
파릇하게 물이 바삭거린다.

물때 한 장에
햇살 들어가 마른다.
물의 틈, 틈을 골라
바삭한 물때 한 장 자란다.

아침 밥상에 오르는
바삭거리는 물 한 장
얕은 불에 살짝 구운
물때라고 생각할 때마다 흰밥 한 그릇이
김을 모락모락 내며
연안처럼 밀물처럼 떠오른다.

>
물은 추울 때 바삭거린다.
또 어떤 물은 도마에서 잘게 다져지기도 한다.
적당량의 두께로 발장에서
햇빛 한 장 바람 한 장 끼워 반나절 말리면
물은 바삭바삭한 소리를 낸다.

지붕 위에 사람들

지붕은 경건한 곳이지만
며칠 비 내리고

사람들이 그 지붕에 올라가 있다.
지붕을 밟고 지붕을 떠나려 두 팔 흔든다.
온기가 돌던 보일러 관엔
범람한 빗물이 돌고 문들은 불행에게
너무 쉽게 열린다.

지붕을 밟고
지붕을 떠나려는 사람들
지붕은 더 이상 한 집의 보호막이 아니다.
가족 대신 물이 차지한 집
손 흔드는 가족을 내려다보는
잠시 갠 하늘
지붕이 왜 물결 모양인지 알겠다.
그건 물을 속이기 위함이거나
물을 안심시키는 모양이겠지만

하늘에서 쏟아지는 물들은

지붕을 제 수위로 착각하는 일
그것이 장마철이다.

지붕이 있건 없건
장마는 물의 세상이다.
지붕 위에 매달린 주인과 개가
지붕을 떠나려 손 흔든다.

외출

방문을 열어두면
아지랑이들이 보일러 배관을 타고
구불구불 들어온다.
햇살이 타면서, 꽃들이 과열되면서
봄엔 방에 불 넣지 않아도
따뜻하다.
덥다는 것. 꼭 화씨가 아니어도
계절의 섭씨를 걸치고 외출한다.
겨울 동안 이불 밑에서 저장되어 있던
수다들에도 파릇한 싹이 돋는다.
지난겨울 밭두둑에 묻힌
정씨 할머니 무덤에도 파릇한 수다 돋는다.
더 굽어진 허리들과
겨울의 움츠린 나이들을 털어내고
꽃나이를 또 한 살 먹는 노인들
수다의 끝들이 무말랭이처럼
꼬들꼬들하다.
나는 이곳저곳을 둘러본다.
눈길 닿는 곳곳마다

무덤 쓰기 좋은 곳들만
자꾸 눈에 띈다.

까치집

아무리 헝클어놓아도
저처럼 집이 된다면
까치의 건축법은 참으로 지혜롭다.
스스로 헝클어져야 타고 오르는
넝쿨처럼, 지탱하는 여름처럼
공중에 풀어지지 않을 집
바람에도 끄떡없는 집
그런 집 짓겠다고 까치는
나뭇가지들을 하나하나 물어 나른다.

지붕을 만든 건
아마도 인간일 것이다.
그건 빛나는 별들 밑에서
캄캄하게 지은 죄로
부끄러웠을 것이다.

사람의 겉모습으로
그 안의 짐승들을 먹여 살린다.
사나운 맹수도 있고
수줍은 사슴도 있고 사악한 뱀도 있다.

각자의 방식으로 죄를 숨기고 산다.

그러니
세상에서 헝클어진 것들을
흉보지 말 일이다.

악산이 들어왔다

한밤

몸속에서 악산이 뒤척인다

오르막과 굽이진 길이

무릎에 들어와 나가질 않는다

어떤 오르막을

끝까지 오르겠다는 그 각오

떨리는 무릎으로 산을 내려오겠다는

그 조심성이 한 며칠 동안

몸의 곳곳에서 꽃피우고

험한 지형을 헉헉거린다

그동안 오르고 내린

지형들이 너무 많았고

칼바위와 옥녀봉도 지나왔다

뼈에 드는 병을 골병이라 한다면

겪은 지형들에 드는 병은

늙음이다

그러니 이제

내 몸은 평지다

부르르 떨리는 내리막길이다

혈육

오래된 산소에 둘레석을 계획하는 봄
혈육이란 죽어서도 끌리는지
자주 뒤척이며 잠이 찾아온다.
피를 나눠 가졌다는 이유로
참 정다운 생전이었다.

죽은 사람들은 이제
풀꽃들과 나무들과 그 피를 나누고 있는지
무덤으로 온갖 식물을 끌어들인다.
가시덤불의 감정을
제비꽃 수줍음을 피운다.
죽은 사람과 산 사람은 꿈으로 소통한다.
아무 꿈이나 벌컥 열고 들어와 하소연한다.
벽이 허물어졌다고
산짐승이 드나든다고
죽어서 더 늙었거나 젊어진 사람들이
자꾸 하소연한다.

이승과 저승에 혈육을 두고
꿈이 바쁜 날들이다.

다듬이 소리

빳빳한 팔과
훤칠한 다리에는
다듬이 소리가 들어있었다.
겨울바람같이 매서운 옷감들도
맞다 보면 여름날 하늬바람처럼 부드럽고
폭설처럼 폭신해지는 것이다.

엄마가 나를 재워두고 다듬이 짝을 이루려 마을 갔을 때 나
는 처음으로 이웃집에서 들리는 다듬이 소리를 듣고 무서워
서 울지도 못하고 이불 속에서 엄마를 기다렸다.

지금도 귓속에서 그때의 다듬이 소리
외벌로 들리는데
맞고 펴지고 순해진 옷을 입어서일까.
매 맞지 않은 옷 살에 닿으면
억새밭에 든 듯 따갑고 억센데
평생 주눅 들어 살다가
거친 삼베옷 그대로 입고
돌아간 사람들이 떠오른다.

기와 起臥

　지붕이 오래되어서 기와를 갈았다. 예전, 전통 기와일 때는 빗소리가 기와에 닿고 똑하고 굴러 내린 물방울은 내 귀로 흘러들었었다. 그때 빗소리는 한여름 우리 집 문발처럼 걸쳐 내렸었다. 그 문발 속에서 하나의 지붕으로도 좋았다.

　아름다운 시절은 다 지붕을 갖고 있거나
　문발을 갖고 있다.
　새 기와에 떨어지는 빗소리는 창문을 열고 들어와 내 곁에 눕는다.
　문발 사이로 들어오는 빗소리는 말발굽 소리 같아
　읽다 만 삼국지 초한지편에 모여 쉬고 있다.
　당신과 나 두근대는 한때를 생각한다.

　이제 새 기와를 갈고부터는 빗소리도 물방울도 밖으로만 흐르고 물은 바깥으로 스며들거나 흘러가 버리고 만다.

　한밤 마른 잠자리에는 잠 못 이루는 머리맡이 있다. 앉았다 누웠다 안절부절 많다.

　오늘은 문을 열고 빗소리 들라 들어오라 청한다.

바깥의 날들,
들어와 같이 가방을 싸고
행선지를 고르라 한다.
신발도 없이 빗소리가 방에 들어오는 날이 있고
기와로 한 시절을 건너가는 지붕이 있다.

나무의 옹이

여러 곳에 상처의 흔적을 매달았다
고통이 아리다
울퉁불퉁 튀어나온 자리 금붕어 눈으로 산다
혹한을 견디며 버티는 중이다
지나던 바람이 상처를 말린다
아물어가면 노인은 또 하나의 옹이를 만들었다
열 개의 마디가 굵어진 저 노인의 손
중지와 약지에 낀 금반지는 지금 저 손안에 갇혀있다
죽음마저도 저 반지를 뺄 수 없다
생의 방지턱 같은 저 생의 마디에 노인은 얼마나 흔들렸을까
열 개의 손가락으로 움켜쥔 것은 모두 어디로 갔을까
오직 남은 건 손마디뿐이다
오래전에 몸속으로 들어가 무늬로 굳어버린 것들

열 개의 지문은 사라지고
열 개의 옹이가 박혀 있다

구부러진 손가락
부어오른 무릎을 어루만진다
저 무릎에는 몇 개의 옹이가 박혀 있을까

\>

몸에 박힌 것들은 쉽게 뺄 수가 없다
단단하게 박힌 무늬를 지고
생의 마지막까지 걸어갈 것이다

풍로

과열됐다.
바람 불 때마다 붉게 익거나 검게 탄 이파리들 날아온다.
누가 이 촌락 기슭에 뜨거운 열기를 피워 놓고
풍로 살살 돌리고 있는 것 같다.
다 붉게 익는다.
그 익은 것들이 한꺼번에 뻥이요!
터지는 것 같다.

텃밭 고추들이 붉게 과열되어 있고
늦서리 기다리는 고춧잎 시르죽어 있다.
지열은 키 큰 감나무 위로 올라가 홍등을 단다.
단풍나무 빨간 불꽃으로 타올라
산불이다.

찬 계절인데 몸 펄펄 끓는다.
누가 내 몸에 풍로 돌린다.
극한의 온도까지 몸살 잘 익어가고
기침이 수시로 새어 나온다.
이러다 뻥 터지지 않을까 자주 문을 여는 일이 있다.

\>

자잘한 걱정거리들 연기도 없이 잘도 탄다.
어젯밤 뜬눈으로 날 새우고 안달한다.
요즘, 걱정을 만들고 키우는 일이 가장 고되다.
과열로 머리가 터질 것 같고
얼굴이 빨갛게 달아오른다.

이제 다 달궈졌다.
흰 튀밥처럼 첫눈이 펄펄 날리고 있다.

엇박자

외짝은 엇박자가 짝이다.
혼자서 여러 개의 소리를 내는 곳마다
엇박자들이 바쁘게 돌아다닌다.

혼자 먹는 밥상에 젓가락도 엇박자이고 밤에 내리는 비의
낙숫물 소리도 엇박자로 떨어진다.

딱따구리 소리도 엇박자
나무 한 그루에 떨어지는 모든 빗소리도
여물지 못하는 심심한 열매도 엇박자로 떨어진다.
손톱을 깎으면 맞물린 절단이
톡, 엇박자로 튄다.

서러운 것들은 한쪽 눈에서 먼저 차오른다.
혼자 걷는 구둣발 소리 혼자인 사람을 따라가고
설산의 빙하 녹는 소리가 똑똑 엇박자로 떨어지고 있을 것
이다.
딱따구리가 여럿이 함께 소리를 낸다 해도
저 상수리나무에서 벗어나지 못한다.

\>

나는 영원히 혼자인 나를 벗어나지 못할 것이고 그사이 냇가에 시냇물 소리 엇박자로 참 멀리도 간다.

혼자 남아서 사소한 병에 먹는 알약들 세어보면 모두 엇박자의 숫자이다.

저녁의 길들

불빛들은 집을 찾아들고
연기들은 모두 저가 갈 길을 간다.
논둑은 말끔하게 남아있고
근 일 년 동안의 잡풀의 봉인에서 풀린 연기들이
사방으로 각자 떠나고 있다.
한여름 늙은 농부의 발목을 적시던 이슬과
깜짝 놀라 튀던 논 개구리와 젖은 발목에 달라붙던 풀씨들이
흰 연기로 논둑을 떠나고 있다.
저 잡풀들 일 년 동안 키운 건 다름 아닌
흰 연기였다고 서둘러 흩어진다.

뒷산 절에서 다비식 거행하는 날
참나무 단 위에 법구를 모시고 아홉 명의 거화 스님이 불
을 붙인다.
빨간 불꽃은 법구 주변에 맴돌고
흰 연기는 먼저 길을 떠난다.
한나절 타는 냄새도 연기의 뒤를 따르고
두 손 모아 합장한 마음들이 불길을 돌았다.
보이는 것은 흰 연기뿐이다.
연기의 장례식을 거행하고 있다.

\>

아랫목의 온기에 몸을 눕히는 저녁

내 몸을 돌아 나가는 저녁

서둘러 일어나 불 켜고 몸을 살피고

거울 안 귀밑으로 새어 나오는 흰 연기 몇 가닥 있다.

저녁이면 모두 갈 곳이 있는 것들만 보이다가

끝내 보이지 않다가 한다.

푸른 갱지 한 장

　푸른 갱지更紙 속에 누군가 찍어놓은 마침표 같은 바위 하
나 돋아나 있다
　그동안 셀 수 없는 물의 페이지들이 밀려와 부서졌지만
　어디를 봐도 변변한 문장이 없다
　한밤, 등대 불빛이 검은 필체의 문장을 비추기도 하지만
　고작 늦은 귀향의 어선 몇 척 지나갈 뿐이다

　물의 겉장을 열고 바닷새 몇 마리 날아간다

　푸른색으로 염색된 갱지
　바람이 사나워지면 급하게 넘어간 페이지 위로 울렁거리
는 피항港이 있다

　흰 거품을 키우는 푸른 지면紙面
　누군가 저 밑에서 파란 열매를 넣고 맷돌을 돌리는 것 같은
　그 속 들여다보면 색색의 지느러미들이 자라고 있는 푸
른 종이

　한 권 달의 번역본 같다

>
한 번도 접히거나 구겨진 적이 없고 찢어진 적 또한 없이
비릿한 냄새가 나는 낱장

바람 부는 날 유리의 매끈한 낱장 속에서 책 밖에 한때를
읽고 있다
가끔 무음으로 지나가는 자막 몇 줄이 있다

뒤란에서 벌어지는 매혹적인 제의祭儀

이병철(시인, 문학평론가)

시를 읽는 게 요즘은 꽤나 피곤하다. 자기감정의 절대화가 우리 시의 한 경향이 되면서 언어들이 읽는 사람에게 건너오지 않고 갈수록 시인의 내면으로만 침잠하는 까닭이다. 물론 그것은 그것대로 읽는 매력이 있다. 독자가 시인에게서 익숙한 감정선을 찾아내는 순간, 암호가 해독되는 듯한 쾌감이 발생한다. 하지만 그 과정은 지난하기만 하다. 외부의 풍경과 타자가 나타나지 않는 대신 미묘한 감정의 무늬들이 강조되어, 독자는 낯선 사람의 비밀 일기를 열어보듯 은밀한 내면의 지도를 읽어내야만 하는데, 감정은 사유의 바깥에 있어 이해로는 닿을 수 없고, 감각과도 거리가 멀어 좀처럼 만지거나 맛볼 수 없다. 간혹 자폐적 경향의 시들마저 보인다. 마스크 안에 가둔 숨이 갑갑한 만큼 시의 자폐 공간에 갇힌 언어들도 호흡이 가쁠 것이다. 나는 어두운 지하실이 아니라 탁 트인 옥상의 시를 읽고 싶다. 비를 대신하여 울어주고, 얼음을 빌려 별의 음계를 노래하는 높은 산정의 시를 듣고 싶다.

그런데, 반가워라. 안으로만 우물거리던 숨을 바깥으로 탁 틔워 주는 시를 만났다. 솔직히 말해 김순애라는 시인을 알지 못했다. 큰 기대 없이 심드렁하게 시집 원고를 펼쳤다가 깜짝 놀랐다. 초반부 몇 편의 시만 읽었는데도 자연 깊은 곳에서 길어 올린 차고 맑은 문장들이 마음의 더께를 씻어주었기 때문이다. 자세를 고쳐 앉고 단숨에 시집을 읽어나갔다. 눈을 뗄 수 없었다. 이것은 즐거운 식사가 아닌가? 푸르고 싱싱한 식물성의 언어, 마블링 선명한 동물의 울음, 물과 햇살과 바람과 별이 버무려진 자연의 이미지들, 그러면서도 보편적 인간과 괴리되지 않은 구체적 체험의 진정성까지⋯⋯「회전」「날개의 밤」「조약돌은 주름을 업어내고」「출산」「가려운 흔적」「순장」등의 시편들을 앞에 두고 나는 어느 것부터 음미해야 할지 몰라 고민에 빠진 행복한 미식가가 되었다. 귀퉁이를 곱게 접어두어 아껴 읽고 싶은 시가 서너 편만 있어도 좋은 시집이라는데, 접어둔 페이지가 하도 많아 내 머리맡의 이 시집은 지금 두 배 두꺼워졌다.

김순애 시의 특징은 육안으로 볼 수 없는 미시 자연 세계를 섬세한 언어로 재현하면서 도시 문명의 일상성이 가닿을 수 없는 신비로운 풍경들을 펼쳐낸다는 점이다. 시인의 시선은 창공에서 지상의 작은 들쥐를 겨누는 매의 눈처럼, 사각지대 없이 사방을 자유로이 조망할 수 있는 잠자리 눈처럼 정교하고도 폭이 넓다. 김순애의 시가 지닌 비범한 능력은 바로 그 눈이다. 대상을 새롭게 보는 발견의 힘 말이다.

> 어릴 때 물에 빠져서 허우적거렸던 곳들이
> 가끔 귓속에서 여전히 허우적거린다.
> 그때 그 소용돌이가 귓속에 들어서 나가질 않는다.
> 납작한 돌을 따뜻하게 데워서 귀에 대고 공깃돌로 두드리면
> 돌을 적시며 흘러나오던 소리
> 그 젖은 무늬가 귓속에서 나가질 않는다.
>
> ─「소용돌이」 부분

　시인은 "얼어붙은 저수지는/ 수십 마리 짐승들의 발자국을 돌보는/ 보모같이 바쁘고/ 뒤뜰에 찍힌 고양이 발자국마다에도/ 햇살 반나절 그늘 반나절이 들었다"(「발자국은 춥다」) 가는 광경을 목격한다. "부엉이 몸에서 어둠이 서서히 풀어져 나오고/ 제가 깔아놓은 그 어둠을 밟고 날아"(「날개의 밤」)가는 것도, "양파를 벗기다 보면/ 남쪽 지방의 흩날리는 눈발과/ 고양이 발자국이 찍힌/ 얇은 적설량이 하얗게 드러"(「양파」)나는 것도 놓치지 않는다. 보통 사람들이 볼 수 없는 세계를 보는 시인은 어쩌면 샤먼shaman인지도 모른다. 옥타비오 파스는 "샤먼들은 만물에 깃들어 있는 정령 신앙을 믿는다. 그들은 환상 속에서 사물에 깃든 정령들로부터 지혜를 얻는다. 시인들이 사물을 깊이 들여다보고 사물 안의 지혜의 소식과 감정이입의 깊은 공감에 잠길 때 그는 자신 내부에 솟구치는 특별

한 노래와 이미지를 듣고 본다"고 했는데, 샤먼이 신내림을 받듯이 시인은 "어릴 때 물에 빠져서 허우적거렸던" 유사 죽음의 체험을 통해 "소용돌이가 귓속에 들어서 나가질 않는" 자연과의 합일을 이루게 되었다. 낯선 세계의 풍경들이 그녀에게 말을 걸어오기 시작한 것은 아마 그때부터였으리라.

　　뒤란은 뒤란의 햇볕이 있단다

　　엄마 어렸을 적엔 그곳에서 참 많이도 훌쩍거렸단다 겨우내 내렸던 눈물이 가장 늦게 녹는 곳도 뒤란이란다 수군거리는 발효가 있고 매운 연기들이 천천히 풀어지는 곳, 몇 그루 음지의 나무들이 앙상한 곳 그곳에도 가장 일찍 피는 꽃이 있었고 주변에 풍경을 두지 않고 꽃이 피는 곳이란다 뒤란은 한 집안의 가장 어두운 곳이라 그 어둠을 밝히려고 수선화 알뿌리 여러 개 묻어두었단다 봄날, 환한 불 켜지듯 수선화 필 때는 그 좋던 친정 나들이도 미루었었단다

　　노란 등 몇 개 켜고 어둑한 조도照度로 견디고 있는 수선화

　　수선화 등불이 환하게 켜지면 장독대가 비어가고 농기구들은 들판으로 달려 나갈 기세였지 그 분주한 철이면 여린 이파리 행여 누가 밟을까 이 엄마 걱정은 다 뒤란에 있었지 해마다 봄이면 은밀하게 만나던 꽃, 어디서 그렇게 노란색만 불러들여 꽃 피는 것인지 참 용했지 뒤란은 엄마의 비밀 정원이었단다
　　　　　　　　　　　　　　　　　　　—「뒤란 꽃, 수선화」 전문

나는 김순애의 시를 '뒤란의 햇볕'이라고 부르고 싶다. 눈 밝은 시인에게는 누구나 들여다보는 앞뜰 대신 관심과 주목을 받지 못한 채 그늘을 키우는 뒤란이야말로 시적 상상력의 무한한 보고다. 뒤란은 "겨우내 내렸던 눈물이 가장 늦게 녹는 곳"이자 "몇 그루 음지의 나무들이 앙상한 곳" "한 집안의 가장 어두운 곳"이다. 사람 발길이 드문 뒤란은 어둠과 추위에 점령당한 불모의 공간처럼 보이지만 실은 "수군거리는 발효가 있고 매운 연기들이 천천히 풀어지는 곳"이다. 뒤란 장독대 안의 메주는 썩은 것처럼 보이나 온몸으로 곰팡이 포자를 뿜어내며 새로운 물질로 거듭난다. 발효는 생명의 징후와 예감으로 우글거리는 소행성이다. 메주가 장이 되어가는 겨울 뒤란에서는 부러진 솔가지나 낙엽 따위를 긁어모아 태우기도 했으리라. 그것들의 "매운 연기들이 천천히 풀어지"면서 대기의 일부가 되거나 수증기가 되어 눈비로 다시 지상에 내릴 때, 뒤란은 윤회와 영원회귀의 신성한 제단이 된다.

　김순애는 뒤란을 "비밀 정원"이라고 부른다. '비밀'이란 시적 상상력의 다른 이름일 것이다. 뒤란이 풍요로운 시의 정원이 될 때, 시인이 쓰는 시는 "가장 일찍 피는 꽃"이자 "주변에 풍경을 두지 않"는 꽃이 된다. 일찍 피는 꽃은 홀로 피어 외롭다. 바람도 찬비도 고스란히 혼자 다 맞아야 한다. 그 꽃은 앞뜰의 화사한 풍경에 속할 수 없고 오직 방치와 폐기, 소외의 그늘 속에서 외따로 피어야 한다. 위의 시를 한 편의 메타시로 읽는 순간, 이렇게 좋은 시를 쓰는 시인도 중심과 주목에서 밀려난 변방에서 오래 외로웠을 것을 생각하니 애틋해진다.

하지만 어쩌겠는가. 시인은 선택받은 자이자 저주받은 자
인 것을. 평범한 사람들이 볼 수 없고 들을 수 없는 세계의 비
밀을 이미 알아버린 그녀는 "풀숲에 모여있는 나뭇가지가 키
우는 소리들/ 아무도 없는 뒤란 앵두나무 열매로 속닥거리"
(「참새는 집을 짓지 않는다」)는 미시 자연의 소리를 우리에게 들
려준다. 이때 주목해야 할 것은 시인이 그 낯선 세계에의 미
메시스mimesis를 통해 인간 보편의 정서, 울고 웃고 절망하
고 이 악무는 우리들의 생생한 맨얼굴을 시에 그려낸다는 점
이다. 미시 세계가 보편적 인간을 환기시키는 이 특별한 상상
력에는 자연의 의인화가 필수적으로 수반된다. 김순애는 단
순히 자연 대상물에 인격을 부여해 교훈을 자아내는 우화적
방법론을 사용하는 게 아니라 풀과 벌레와 돌과 인간이 모두
평등한 주체이자 한 몸이라는 물아일체 세계관을 내면화하여
인간의 눈물이 자연의 눈물이고, 자연의 주름이 인간의 주름
인 상생 우주를 노래한다. 그래야만 자연에서 분리되어 피폐
하고 삭막해진 인간을 회복시킬 수 있다고 믿기 때문이다.

> 캐나다 애서배스카 빙원氷原은
> 인디언들의 감옥으로 불린다.
> 그 감옥에서 삼 일을 얼어 죽지 않고 견디면
> 죽을 죄인도 살려 주었다고 한다.
> 빙원에서 살아남은 사람, 또는 죽어간 사람
> 몇억 년의 빙하 속에 움츠린 울음으로 묻혀 있을 것이다

설상차를 타야 들어갈 수 있는 곳

지금도 크레바스 속으로 구름이 흘러들어 가는 곳

그 극한에도 삼 일의 용서 기간이 있다.

면죄의 기간이 있다

갈수록 용서를 구해야 하는 사람들이 사라진다.

같이 살아있어야 죄를 지을 수 있고

서로 용서를 구할 수 있는 것이다.

근래엔 죄도 외롭고 용서도 외롭다.

—「용서의 기간」 부분

　　"극한에도 삼 일의 용서 기간이 있다"는데 현대인들의 마음 안에는 용서가 채 삼 분도 머물 자리가 없다. 용서를 구하지도 않고, 용서하지도 않는다. 오늘날 인간의 마음은 몇억 년 빙하보다 더 단단하게 얼어붙었고, 크레바스보다도 깊은 구렁을 그 속에 감추고 있다. 그래서 "근래엔 죄도 외롭고 용서도 외롭"다. "같이 살아있어야 죄를 지을 수 있"고, "서로 용서를 구할 수 있"는데, 같이 살려 하지 않는다. 각자도생만이 살길이라고, 개인주의를 가장한 극단의 이기주의가 갈수록 팽배해진다. 자기 존재의 주체성이란 타자와의 관계를 통해서 확립된다. 그러므로 '홀로 서기'라는 말은 심각한 오류다. 하지만 현대 사회는 타인과의 관계를 필요로 하지 않은 채 홀로 고립된 삶을 사는 것이 미덕인 양 권장한다. 용서는 구하는 이에게나 베푸는 이에게나 모두 타인의 마음을 헤아리는 것이 가장 어려운 기술인데, 자기중심적 사고와 자기감정의 절대화는 연대와 교류의 감각을 마비시켜 버린다. 김순애는 현대인들의 얼음 심장에 "한 번도 서서 제 목소리를 낸 적 없고/ 한 번도 소리를 끈 적 없는 여울"(「조약돌은 주름을 업어내고」)을 흐르게 하려 한다. 어디로든 흐르고, 무엇과도 어우러지는 물이야말로 용서의 기술자다. 자연의 유동성과 수용성을 내면화한 그녀의 시에서는 자연물이 인간이 되는 의인화와 인간이 자연물이 되는 인간의 자연화가 동시에 일어난다. 샤먼이 신과 인간을 매개하는 것처럼, 시인은 인간에게 자연과의 협화음을 회복시켜 주려는 것이다.

> 민들레가 만삭이다
> 마당에 지나가던 바람이 지켜본다
> 햇빛이 출산을 돕는다
> 대궁으로 힘을 밀어 넣는다
> 얼굴이 노란 아이가 고개를 내민다
> 엉덩이는 몽고반점처럼 파랗다
> 마당 여기저기
> 아이들 웃음소리가 노랗게 번진다
>
> ─「출산」 전문

꽃망울을 터뜨리려는 민들레꽃을 만삭의 임부로 의인화한 위 시에서 꽃의 출산, 즉 개화는 꽃 혼자만의 노력으로 이루어지지 않는다. "지나가던 바람"은 자신이 꽃을 흔들어 방해가 될까 봐 잠시 멈춰 서서 지켜본다. 그러는 사이 햇빛이 산 파처럼 출산의 과정을 돕는다. 바람의 배려, 햇빛의 도움을 받은 민들레가 "대궁으로 힘을 밀어 넣"자 마침내 "얼굴이 노란 아이가 고개를 내민"다. 이 최초의 개화는 마중물이 되어서 "마당 여기저기" 꽃망울이 터지게 한다. "아이들 웃음소리가 노랗게 번"지는 생명의 축제가 그렇게 완성된다.

이 여덟 줄짜리 시는 자연의 의인화를 통해 인간 사회가 회복해야 할 더불어 삶의 미덕을 제시한다. 이질 대상인 꽃과 바람과 햇빛이 서로 협력하여 새로운 생명을 탄생시키는 장면은 상생을 망각한 현대인들에게 교훈을 준다. 그런데 김순애의 시적 의도는 단순한 계몽에만 있지 않다. 시에는 주술적 힘이 있고, 그녀는 샤먼의 기질을 가진 시인이다. 조지 프레이저는 『황금가지』에서 "유사類似는 유사를 낳는다"는 말로 주술의 기초 원리를 설명했는데, 시인이 민들레를 산모로, 새롭게 피어난 꽃을 신생아로 비유할 때 자연과 인간 사이에 성립된 등가는 유사 작용을 일으킨다. 김순애는 꽃의 개화에 작동하는 자연의 유기적 질서를 인간 세계에도 적용시키기 위해 서로 단절된 자연과 인간을 의인화라는 주술적 언어로 연결하고 있다.

사람도 식물이 될 수 있다
창문을 열어놓으면 바람이 들어와 머리카락을 흔들었고
햇볕은 따스한 온기로 무형의 이부자리가 되었었다.
등 쪽엔 진물 흐르는 상처도 있었다.

사람의 말을 알아듣지 못한 몇 년
눈을 움직여 얼마나 많은 식물들과 이야기했을까
봄이 오면 파릇한 잎으로 나른한 나날이었고
통나무처럼 굳은 몸은 누군가를 기다리는 듯 떠나지 못했다
손을 쓸어주면 반응하던 식물의 눈
몇 개의 계절을 제철로 삼아 식물의 이름으로 살았다.
가끔 바람의 소리로 창문을 닫았고
눈에는 글썽이는 눈물을 키우기도 했다

식물이 들어와 몇 계절을 살았다
가는 호스를 달고 공기를 얻어 마시며 살았다
가을이면 붉은 잎이 번져 온몸이 붉어지고
된서리 맞은 몸에 흰 눈의 머리카락이 자랐다.
바람보다 약한 수족은 천천히 굳어갔다
식물은 눈을 뜨고 죽는다.

발인發靷
식물이었던 몸이, 육신이었던 몸이
시신屍身이 되어 불 속 계절로 들었다.
문득, 마른 잎 타는 냄새가 나는 것 같았다.
식물의 장례식에 다녀왔다.

　　　　　　　　—「식물의 장례식에 다녀왔다」 전문

위 시에서는 식물의 의인화가 아닌 인간의 식물화가 이루

어진다. 서로 이질적인 두 대상의 성질을 호환하는 김순애의 시적 시도는 "오소리 멧돼지 고라니가 몸을 비빌 때/ 나무들의 목질 속으로/ 짐승의 피가 한동안 흘렀을 것 같다 …(중략)… 나무들은 때론 도망도 못 가는/ 짐승이 될 때가 있다"(「가려운 흔적」)는, 산짐승의 영역표시 행위에 대한 독창적인 은유에서도 잘 나타난 바 있다. 동물에서 식물성을, 식물에서 동물성을 발견하는 시인의 눈은 늘 현상 이면의 세계를 향해 있다. "사람도 식물이 될 수 있다"는 날카로운 잠언으로 시작하는 이 시는 죽음이라는 인간의 실존적 한계, 그리고 한계 너머의 초월에 관한 기록이다.

'식물인간'은 전신이 마비된 환자를 가리키는 말이다. 그런데 시인은 식물인간이 되어버린 어느 병자의 '인간성' 대신 '식물성'을 들여다본다. 김순애는 대상의 본성은 유지한 채 외양만 바꾸는 '비유'가 아니라 아예 본성까지 바꿔버리는 '전환'을 시도한다. 시인은 식물처럼 움직이지 못하는 저 불쌍한 '인간'을 바라보지 않고, 장기와 팔다리와 피부가 각각 물관과 뿌리와 잎맥으로 변해 "많은 식물들과 이야기했을"한 '식물'을 바라본다. 그러자 비극적 장소였던 병상이 "창문을 열어놓으면 바람이 들어와 머리카락을 흔들"고, "햇볕은 따스한 온기로 무형의 이부자리가 되"는 상응 자연의 공간으로 변화한다.

"식물은 눈을 뜨고 죽는"다. "식물이었던 몸이, 육신이었던 몸이/ 시신이 되어 불 속 계절로 들었"다. 인간의 육체로도 식물의 몸으로도 죽음은 피할 수 없다. 그러나 식물이 된

인간은 죽음이 완전한 소멸이 아닌 자연으로의 회귀임을 알았으리라. "문득, 마른 잎 타는 냄새가 나는" "식물의 장례식"은 인간이 자연에 편입되어 새로운 탄생을 예비하는 생명 윤회의 전단계가 되고, 그 과정을 이미지화하는 시인은 망자를 자연이라는 영원으로 인도하는 샤먼이 된다.

> 내 평생이란
>
> 하루하루를 지나 새벽과 어느 나라의
>
> 석양과 정오를 지나친 일이었다.
>
> 그러니 나는 회전한다
>
> 어지럽게 살아서 과거와 현재가
>
> 삶과 죽음이 끊임없이 돌고
>
> 생의 마지막은 어느 경도에서 이탈할 것인가
>
> 나는 또 어떤 우주의 차원 속을
>
> 영원히 회전할 것인가
>
> ─「회전」 부분

김순애의 시에서 "죽은 사람과 산 사람은 꿈으로 소통"(「혈육」)하고, "산 자와 죽은 자가 엇갈린 길에서 마주"(「죽음의 관람」)치는 영통靈通과 혼교魂交가 나타날 때, 샤먼과 시인은 계속해서 하나가 된다. 죽음이 영원자연으로의 회귀라는 샤머니즘적 내세관은 "땅속에서도 애면글면 일손 놓지 않고 있을/ 내 어머니의 삭은 뼈 같은 호미 …(중략)… 꺼냈던 호미를 다시 묻어놓는다/ 호미를 닮은 새로운 곡식이/ 싹 틀지도 모르니까"(「순장」)라는 시에 더욱 극적으로 나타난다. 시인이 돌아가신 어머니의 환유인 '호미'를 땅속에 묻으며 어머니가 "새로운 곡식"으로 싹 트는 부활을 꾀하는 장면은 어느 독자에게나 뭉클한 감동을 준다.

위의 시 「회전」에는 영원회귀 사상이 매우 직접적으로 나타나 있다. 시인은 자기 존재의 죽음에 관해서도 성숙하고 의연하다. 시인에 따르면 인간의 생멸이란 "과거와 현재가/ 삶과 죽음이 끊임없이 돌"아가는 "우주의 차원 속"을 "영원히 회전"하는 일이다. "내 평생이란/ 하루하루를 지나 새벽과 어느 나라의/ 석양과 정오를 지나친 일"이라고, "그러니 나는 회전한다"고 담담하게 말하는 이 시인을 아껴 읽지 않을 도리가 없다.

김순애는 아득한 옛날 시가 주술이었을 때 지녔던 리듬과 상응, 교감의 에너지를 복원시켜 세계의 비밀을 응시하고, 원형적 시간을 재현하면서 우주와의 조화를 꿈꾼다. 선택받은 자인 동시에 저주받은 자로서의 시인은 찾아보기 힘들고, 누구라도 쉽게 시인이 될 수 있는 이 시대에 우리는 이 한 권의 시집을 통해 인간과 우주 사이 단절된 리듬을 다시금 이어줄 수 있는 샤먼 시인을 만났다. 그가 뒤란에서 벌이는 한판 제의祭儀에 정신과 감각을 내맡긴 채, 오직 마음의 눈으로만 볼 수 있는 세계의 풍경들을 계속해서 들여다보고 싶다.

천년의시인선